KB062497

내 생에 아름다운 봄날

b판시선 47

이흔복 시집

내 생에 아름다운 봄날

도서출판 b

이혼복 시인은 2015년 9월 24일 아침에 뇌출혈이 발생하여 투병을 시작했다. 6년이 흐른 지금, 초기의 상황보다 현저히 좋아지기는 하였어도 가혹한 투병의 시간은 여전히 지속되고 있다.

이혼복 시인은 급작스레 인사도 없이 투병의 시간 속으로 들어갔지만 그는 우리에게 이미 항상 따뜻한 마음을 건네고 있었다. 겉으로는 멀쩡해 보여도 삶의 깊은 내부에서 들끓는 고통으로 힘들어하는 우리에게 전해주는 위로의 시편들로써 말이다. 그 시편들을 모아 이혼복 시인의 새 시집을 한 권 펴낸다. 여기 실린 시들은 이혼복 시인의 세 번째 시집 이후에 씌어진 것들을 모은 것이다.

시집을 펴내는 일이 시인 자신의 힘과 지혜로 마련해야 마땅하지만 그럴 날이 속히 도래하기를 기원하는 마음으로 가족의 양해를 구하여 펴내게 된 것이다. 이혼복 시인이 지난한 투병의 시간 속에서 절실하게 보여주고 있는 삶에 대한 의지와 용기를 지켜보며 동료 시인들의 우정을 모아 격려를 보낸다.

2021년 가을
이혼복 시인을 대신하여, 조기조 씀

|차 례|

제1부

배롱나무 그늘 아래 쉬었다

쌍떡잎식물 도금양목 부처꽃과의 낙엽, 소교목, 나무껍질을 손으로 긁으면 잎이 움직일까? 간지럼나무 또는 자미화라고 하는 배롱나무, 목백일홍 구불구불 굽어지며 자라 한여름을 수놓는 그 처연한 붉은 빛 참으로 곱다.

한 번 꽃을 틔우면 피고 지기를 세 번이나 반복하여 백 일 동안 원추꽃차례로 제 나무를 붉게 물들이니 화무십일홍이란 말 무색키도 하다.

배롱나무가 아름답기로는 명옥헌이 제일인 줄 안다. 어느 날 길 떠난 길 위에서 황지우 시인의 말을 듣고 보니 더욱 그렇다.

타원형의 잎은 마주나고 작은 꽃잎들이 꽃받침에서 힘차게 솟아올라 가지를 길게 늘이는 배롱나무 그 나무 터럭 하나 없이 매끄럽고 나무가 드리우는 그늘은 그림자도 쉬어간다.

여름이 갈 바에는 품격이 이쯤이면 족하다.

지난 저녁 꽃 한 송이 떨어지고, 오늘 아침에 한 송이 피어 서로 백일을 바라보니, 너와 더불어 한잔하리라는 성삼문의 시구를 읊조리니 멀리 떠난 우인이 마냥 그리운 것이다.

피카소의 바다
— 청색시대를 찾아서

피카소의 자연은 바다
몽환적이다

나는 바르셀로나가 어디인지 묻고
바르셀로나는 내가 누구인지 묻고

빛이 있고
사나운 감정이 있는

욕망의 바다를 그리고
또 그리워한다

바르셀로나 바다에 사는 피카소
바다를 닮는다

바다에 사는 피카소의 길에
바다는 길을 만든다.

우담바라를 보러 마포에 갔다

오래 오래전부터 그 어느 그늘진 곳은 왕왕 풍우가 건듯하면 향기 놓은 꽃 흐늑히 젖는데 그 꽃 우담바라라 하니 답답하여라. 솔 아래 굽은 길, 길 아래 돌부처 띄엄띄엄 있는 듯하나 없고 둘레둘레 없는 듯하나 있는 한거하여 무문無門을 법문法門으로 한다.

길쭉한 알자루 끝에 쌀 알갱이보다 작은 풀잠자리알 같은, 아메바 형태로 자라다 어느 순간 한데 뭉쳐 위로 긴 줄기 끝에 포자를 매다는 곰팡이 같은 뽕나무과의 교목으로 인도에 그 나무는 있지만 꽃이 없고 여래가 세상에 태어날 때 꽃이 피며 전륜성왕이 나타날 때면 그 복덕으로 말미암아 감득해서 꽃이 핀다고 한다.

묘음妙音을 듣는 것은 이 꽃을 보는 것과 같고 여래의 삼십이상을 보는 것은 이 꽃을 보는 것보다 백만 년이나 어렵다고?

한 부처는 우담바라 나무 밑에서 깨달음을 얻었다.

14

죄를 지은 이 몸은 내 죄를 모른다. 깊은 산 바위틈에 들어 숨어도 나고 죽고 오고 감이 역시 한 조각 구름이 일어나고 사라지는 것이다. 어떻다? 나는 나를 찾았다. 최귀最貴한 생은 귀불귀歸不歸하느니 곧, 곧, 곧이란 얼마나 무시무시한 말인가? 나를 혜여惠與하니 한바탕 꿈속의 꿈이거니 한가할사 낸들 아니 늙을쏘냐.

바다

바다에 사는 사람들은
바다를 닮는다

바다에 사는 사람들은
바다의 길을 걷는다.

미스김라일락

우리나라에서 자생하는 수수꽃다리는 우리가 알고 있는 수수꽃다리보다 키가 작다, 꽃이 작다.

외국산 수수꽃다리에 밀려 사라진 듯하다가 최근 미스김라일락이란 모양 사나운 이름으로 역수입됐다.

미군 식물채집가에 의해 외국에 알려졌고 왜성(矮性)용으로 개발하는 과정에서 이 식물채집가는 자신의 비서였던 미스 김의 호칭을 붙여 미스김라일락이라 이름 지었다고 한다.

봄을 내는 꽃도 아름답지만 은은한 향이 짙고 오래간다.

개똥나무라고도 부르는데 정원수로 인기가 높다.

벌써 봄이 다녀갔다

봄은 오래도 아니 머물 것을 소리도
요란하게 서둘러 빨리도 온다

앞산 뒷산의
봄, 꽃, 봄꽃······ 봄꽃들
그 그늘 아래
오래는 쉬기 어려우나
울긋불긋 갖가지 꽃 한창이고
소월의 두견이 법국법국 운다

할미꽃은
검붉은 꽃
고개 숙인 채 피지만,
동강할미꽃은
자줏빛 꽃
고개 쳐들고
길섶과 강가에 피어
동강의 아름다움은 넉넉하기 그지없다

동강의 푸른 물빛…… 동강할미꽃
서로에게 한껏 물들 때면
벌써 봄이 다녀간 것임에 틀림없다.

저기 저 달 속에

1

달의 여신 셀레네, 그녀의 머리에 쓴 황금관은 어둠의 세계를 밝게 비춰주고 오케아노스에서 아름다운 몸을 씻고 하늘 높은 데로 간 그녀는 제우스와의 사이에서 세 딸을 얻었다.

판디아, 에르세, 네메아 모두 지상의 인간이다.

2

판디아! 오, 판디아…… 판디아! 그대는 구만리장천에 걸린 저 둥근 달빛 속에 번져온다.

달을 벗 삼아 술에 오래도록 취한 이백[李白]이 그만 머리를 숙인다.

3

이에 저에, 내일로 가는 이 길목의 계절은 봄, 나지막한 언덕을, 청산을, 하늘을 나는 판디아, 그대는 인간인 줄도

모르고 어이한 나비가 되어 새가 되어 즐거이 날아오르는
오늘!

그대의 삶에 나 언제나, 기꺼이, 오래도록 탄복하리.

4
먼 옛날 그대의 아름다운 몸매보다 더욱 아름다운 사랑으
로 구성되는 몸짓에는 멀어도 한참은 먼 옛날 그대의 그림자
가 짙게 드리워져 있다. 내 무의식의 환상은 아니었을까.

한때의 적막이 나는 고맙다.

5
판디아, 꿈속에서 나는 필경 그대가 언제나 그리웠다.
그대가 있는 한적한 숲속은 생소하고, 멀다.

귀내리 고두미 마을 가는 길

길을 걸어와도 그려러니
길을 걸어가도 그렇네
길과 길 서로
서로를 종시終始하네

지행일치의 참 지식인
단재 선생의
한나라 생각을 읽네
경을 읽네

치열한, 처절한, 신산한
길 오호라,
슬프네

우리가 가로되 하루
하루를 죽는 길
벼락 치는 천둥소리의
길 다름 아니네

귀내리 고두미 마을 가는 길
난難하는 길
선생이 모든 것을 바쳐
비로소 이루어진
그날이 온 것처럼
그날을 보네

우리는 모두
모두의 희망이네.

그리고 가을도 밤이다

천지에 물이 깊고 가을바람에 찰랑찰랑 물결 넓고 거세리니 멀리, 문밖 먼 길에 나타나엘이여! 가을은 깊다. 겸허하라, 경건하라, 첩첩 산이 아득히 연이은 구시월 세歲단풍, 적막하다.

신은 우리에게 생명을 줌과 동시에 고통을 주었음이 분명하다. 나는 바람받이 이슬한 절벽 위에 서서 신의 은총을 밤새워 빌고 또 빌었을 것이다. 앞으로의 일은 어느 누구도 예측할 수 없을 터 그대 자신의 일에만 전념하라. 언제나 욕망을 자제하라. 나는 벌써 낙원에서 추방되었다.

각자도생, 그렇다. 우리도 제각기 살아갈 방법을 찾도록 하자. 삶이 간절하다.

저 시간 너머의 공간, 저 공간 너머의 시간 붙들어도 당돌하게 잎이 지는 것은 순식간의 일이다. 삶이란 현재와 미래보다 추억에 훨씬 가깝다. 나는 왜소하고 고독했다. 성자? 미켈란젤로의 거룩한 생애를 읽는 가을도 밤이다.

가을 편지

고죽을 향한 홍랑의 일편심 사랑이 붉어서 가을은 달빛도 한층 높아만 갑니다. 당신은 물로 만든 몸 당신은 벌써 오랫동안 진리보다는 애정에 살고 있습니다.

나는 누군가의 꿈이 되고 싶었습니다. 그러나 발 헛디딘 나 사랑에 아팠습니다. 사랑을 사랑했던 자신에게만 들키고 싶은 낯선 시간 저 아래 저 아래로 흘러흘러 나 스스로 어디에서 몽리청춘夢裏靑春을 닫고 있을지요?

당신은 내게 꿈이 되어 준 한 사람. 나를 백 번 용서하고 천 번 길을 헤매는 동안 꿈을 이어주는, 산울림엔 산울림으로 답하는 당신의 가을 깊은 산에 가고 싶습니다.

간밤에는 바람 냉정하고 상강 물소리 좋은 이 고마움 당신 다 가져도 좋습니다.

낯선 시간 속으로

경남 밀양시 삼랑진역과 광주광역시 송정역 사이의 크고 작은 서른여덟 개의 역을 이어주는 경전선은 잠시도 직선을 달리지 못하고 굽이굽이 돌아 기울어 갔다. 전 구간이 단선인 관계로 마주 오는 열차라도 있으면 간이역에서 서로 지나칠 때까지 마냥 기다렸다 달렸다.

수목원의 이름인 진주수목원역, 가을엔 코스모스가 좋은 하동의 북천역, 한우식당이 이름인 광양의 진상역, 붉은 벽돌이 아름다운 보성의 명봉역, 푸른 소나무가 일품인 화순역, 역사와 철로 사이가 정원인 나주의 진평역 곽재구 시인에 의해 사평역으로 더 이름난 풍경이 그윽하고 맑으매 길 떠난 나그네마저 그곳에선 풍경이 되었다.

하루종일 타고 내리는 손님은 고작 예닐곱 명 남짓, 기차는 가다 서다 했고 아주 가끔씩 손님들이 알아서 타고 내렸다.

손만 들면 기차가 섰다는 플랫폼만 남은 석정역, 이름만큼 예쁜 앵남역, 다솔사역 각기 다른 모습으로 아련함을 간직한 한 시절이 묻히고 타는 사람도 내리는 사람도 드문 경전선 위의 간이역들, 지키는 사람도 없는 이런 무인 역들 은 플랫폼 벤치만이 기차보다 오지 않는 사람을 기다리며 외로이 서 있었다.

고즈넉한 늦가을 조금이라도 쉬엄쉬엄 어디론가 정처 없이 머나먼 길을 떠나고 싶다면 서둘러 경전선을 타고 가면 경전선은 하늘 높이 솟은 메타세쿼이아 숲속으로 달리고 있다.

아침엔 아홉 구비 물줄기가 만들어낸 짙은 안개로 부옇고 대낮엔 소백산 줄기가 끊어질 듯 이어진 동남쪽이 선명한 산을 돌고 강을 에워 건너며 더없이 크게 휘어지고 또 꺾어지는 선로를 느릿느릿 느긋하게 어기적어기적 기어가 면서도 기어이 기차는 기차.

경전선, 느린 속도의 삶을 살며 만행을 떠났다. 기억은

추억이 되고 낭만이 되었다. 경상도와 전라도를 잇는 유일한 다섯 시간이 넘는 기차는 세월의 흐름을 달리한 지 오래.

꽃 피고 지고 나면

청명과 입하 사이
곡우가 있다

이십사절기의
여섯째

곡우 닷새 전에 딴 햇차
우전차雨前茶

무릇 차의 으뜸이다

벌써다
우인이 그립다

꽃 피고 지고 나면
봄은 멀다.

플뢰게의 초상을 그린 클림트를 좋아하세요?

구스타프 클림트, 그 음충맞은 사내를 좋아하세요?

역사상 여성의 세계를 가장 잘 표현했다는 구스타프 클림트는 한 번도 결혼하지 않고 살았습니다만 사랑은 파격적이었다지요. 그의 그림에는 여인들이 주살나게 등장하는데 대부분 는실난실하게 다들 멋들어지게 놀았다는군요. 모델과의 동침은 기본이었죠. 성과 사랑, 죽음에 대한 풍성하고도 수수께끼 같은 알레고리로 많은 이들을 매혹시켰습니다.

팽팽하게 부푼 가슴의 여인들이 유혹하려 든다면 구스타프 클림트 눈길이야 능준히 흐리고도 남지 않았겠습니까.

구스타프 클림트에게는 에밀리 플뢰게라는 여인이 있었습니다. 그의 계수의 자매였죠. 아우 에른스트가 뇌출혈로 죽자 평생의 반려자로 오로지 정신적으로만 흠모했답니다.

에밀리 플뢰게, 그녀는 구스타프 클림트의 연인이었습니

다, 아니었습니다. 둘이는 매일 만나다시피 하면서 대중 앞에 거리낌 없이 모습을 드러냈다고 합니다.

에밀리 플뢰게, 초상을 보면 날연해진 것인지, 아니면 조금 야한 것인지 사치스러울 만큼 장식적인 모습이 하늘한 데 풍성한 무늬의 옷이 그녀의 관능미를 감싸고 있습니다.

사랑이 필요 없는 이는 완전한 인간이 아니겠지요? 문란한 여자관계로 악명이 높았고 사생아도 많이 두었다는 구스타프 클림트가 숨을 거두기 직전에 애타게 찾았던 여인도, 그런 그의 머리맡을 지켜준 여인도 에밀리 플뢰게였습니다.

에밀리 플뢰게, 그녀의 사랑이 하마 그리웠을까요?

미황사 법당의 작은 종은 백팔 번은 운다

땅끝 사자봉
높은 산마루를 출발하여
다섯 시간 남짓 걸으면
달마산 미황사다

법당의 작은 종은
백팔 번을 운다

어제 다르고
오늘 다른
저 먼 산을 되돌아오는
깊은 울림,

태정은 동백나무 숲에 있고

나는 한 곳에
오래 머물지 않는다

몸이 다하면
마음이 밖을 향한다

음력 섣달
정월 사이
향기를 읊조리는
동매가 아니고
춘매 어디서든
꽃다운 향내
조금도 지나치지 않다

고ㅎ하고 아쀄한 꽃으로서
내 백매라면
어찌 으스름 겨울
달 없는 밤을 원망하랴

밤마다 꿈속에 들어
잊을 수 없는 이

그립다

미황사
해맞이와 해넘이
오래오래 그립다.

지우, 그저 꽃이 피고 지는 것을······ 본다

한결같이 고요하고 자비로운 봄, 봄······ 온갖 꽃 곱살스러울······ 그저 그러할 따름 성글고 허허로운 잎을 울울 피워 내는 청록의 숲을 둥두렷이 달도 뜨기를 기다리지 않고 두견이 서둘러 진목珍木을 흔들고 간다.

중중첩첩한 강물은 너울거리고 나는 바람 소리 듣지를 못한다.

곧, 곧······ 곧이다. 잠들면, 잠이 들면 아마 꿈꾸겠지, 꿈을 꾸겠지. 꿈꾼, 꿈을 꾼 꿈속을 찾아 울어도 본다.

온전하게 텅 빈 자리 거기가 바로 온전하게 꽉 찬 자리란다. 겨우 피는 꽃을 보고 너를 보낸 후 지는 꽃을 본다. 너르고 둥근 못에 달이 잠긴다.

철새들이 철원을 찾는 마음

철새들은 해마다 찾아오는 애꾸 중 궁예가 웅거하여 태봉국을 세웠던 곳, 강하의 조운은 어려우나 읍에서 북으로 칠십 리 망망한 초원 중에 방방곡곡이 놀 만한 철원에 대한 인상이 유전자 속에 각인된다.

철원을 찾아오는 철새들은 갈앗재 비낀 볕에 캐터필러 소리를 기억하여 서로의 입김을 모아 앞으로도 대대로 이 철원을 찾아온다.

석불사는 바로 세달사…… 이제 어디 가서 찾아야 할까?

새의 성자 시데 엘 타리는 묘지도 있다.

이상한, 아름다운, 불안한 것들 가슴속에서 철원은 피와 함께 순환되고 있는 것, 날갯짓으로 겨울의 대륙을 건너가는 여정 멀고 험해도 계절에 따라 우는 소리 다르고 깃을 칠 하늘을 감장새 작다고 대붕새는 웃지 않는다. 감장새도 날고 대붕새도 난다.

그리움을 피로 순환시키는 철새들의 목숨은 욕심이 없고
마음이 천진스럽다.

길등산 곱향나무 한 그루 언제나 그 자리에

포항에서 장기 방향으로 장승배기재를 넘어 길등산 도암사 뒤, 서쪽 산길을 걸어 솔수펑이까지는 활엽수림이 많다.

먼나무, 먹년출, 붓순, 호랑버들 제멋대로 자란 신록의 나무들로 어둡고 솔수펑이 아래 곱향나무 한 그루 언제나 그 자리에 서 있다, 애닮다. 죽음은 육체의 고요만이 아니다. 나는 애써 담담하다.

오늘서 생각느니, 마음 착한 사람은 우리 곁에 오래 머물지 않는다.

우리네 덧없는 마음도 저기 저 멀리…… 멀리 사라져간다, 멀어져간다.

배롱나무가 꽃을 피워야 비로소 여름인 것이다

등꽃 피고 창포 피고 양귀비 피는 울산 포항 간 동해남부 해역, 숲은 햇살 한 줌 들지 않을 정도로 울울창창하다

돌고래들이 죽어가는 돌고래의 호흡을 돕기 위해 수면 위로 계속 밀어 올리고 있다.

(오색 무지개를 만들고…… 오색 무지개 속에서……)

결국 숨을 거둔 돌고래가 바닷속으로 서서히 가라앉는다.

그리고 한 사람 간다…… 간다, 돌아간다. 안한安閑한 가운데 울멍줄멍 바윗길에 듦으로써 북망산 티끌 된다.

몸 밖에는 종종 멀리서 빛이 보이기도 한다.

배롱나무가 꽃을 피워야 비로소 여름인 것을…… 고래古來로 형산강에 비친 달이 하늘의 달이다.

제2부

나는 없다

내 마음이
내 목숨이
내 뜻이 다하는 순간

나는 없다
어디에도⋯⋯ 없다.

알토 랩소디

"봄날의 여자는 그립고
가을날의 남자는 슬프다"

당신 죽는다 말게
나와 함께 가자

섣달그믐도 가까운 밤에는
앞 여울 뒷 여울 가리 얼어 겨울밤은
유리, 그 희미한 그림자를 이끌고 간다

인자仁者는 산을 사랑한다

한 여자를 사랑한 당신
산을 사랑하라

하르츠산맥의 당신
당신을 위한 간절한
기도가 거기 있었네

"누구냐, 당신
아프냐, 나도 아프다"

지난날의 불행한 먼 뎃 일들
노래 삼긴 당신 혹 있은들
마음이 이러하랴.

무화과나무 아래

무화과나무 아래
침묵과 휴식 가운데
진리를 갈망하던
나타나엘을 본다

최후의 심판에서
미켈란젤로의 가죽을 들고 있는
나타나엘을 본다

나타나엘이여,
그대의 운명을 남이 안다는 건
끔찍한 일이거늘
그대의 운명을 그대가 안다는 것은
더욱 끔찍한 일이다

그대는 그대를 위해
한 번도 울어본 적이 없다.

나는 나를 악마라고 한다

전생에 나는 당나귀였나보다, 술 때를 아는 걸 보니, 머즌일은 궂은일 봄도 어느덧 기울려 하느니 그 독한 럼에 나를 비추었으면 한다.

내가 아는 이, 몇 년을 함께 한 이, 매일이 낮술이고 좋아했다. 그이한테 배운 낮술 해장술, 그이는 갔다. 한 잔 또 한 잔, 술과 싸우고 화해하는 동안 아버지 어머니를 늙게 하고 아내의 머리를 희게 하고 아이들의 밝은 웃음을 빼앗았다.

나는 악마다.

브람스는 임종에서도 술을 했다니, 그래 나도 그랬으면 좋겠다.

내가 더 늙기 전에 깨달을 게 있는가. 호시절도 자못 시쁜 마음 집을 종종 멀리 물러와 살면서 이렛당이어서 빌고 여드렛당이어서 빌어도 아, 그리웁고나?

어느 봄날의 생각, 문득

봄, 꽃향기인들 고스란할까
마루 끝에 조으는
어린 고양이 기루어서
봄, 그렇게 다, 지나간다

봄이 그래도 아름다운 건
곧 꽃이 지기 때문이라는 생각,
문득

먼동이 부엿할 때부터
우리 어머니 눈물은
아래로 흐르고
숟가락은 위로 올라간다

가장 가깝고
가장 사랑하면서도
가장 먼 어머니의 눈물을 닦을 수 있는
유일한 한 사람

어머니를 울게 한
지금은 없는 아우일 뿐
벌써 철들긴 다 틀린
나는 아니다

하늘이 무너진다 해도
목숨이 끊어진다 해도
최후의 순간까지 변하지 않을 사랑
들린다, 들린다
어머니다

어머니는 육신의 근원
내 몸 받은 날로부터
발 헛디뎌 밖에서
안으로 되돌아가는 길은
어머니에게로 가는 길이라는 생각

어머니에게로 가는 길은
내가 가는 것이 아니라
어머니가 나를 받아주는 것이라는 생각
또한 문득.

내 생에 아름다운 봄날
― 아내에게

나는 네 가슴을 너는 내 가슴을 찬찬 얽동여 숨을 모았다.
그렇게 하여 우리 사랑의 두 탄생이 우리에게 매일을 절절히
접근해온다.

이 세상 모든 이의 가장 고요히 소중한 만큼의 그 사랑으
로 우리는 잡사랑 행여 섞일세라 이 사랑 가지고 일생을
어떻다, 살아간다.

봄은 가고 꽃은 쉬 지리라

쓰르라미 이마와 나방의 눈썹, 눈같이 흰 살과 꽃 같은 얼굴이면 색색의 얇은 모슬린 옷을 입고 그린 듯이 앉아 있어라 당신, 경성드뭇한 그림 완성되는 날 없으되 따로이 알면 알 듯도 하다.

지금 거우듬한 햇덧에 가도 봄날, 봄이 무르익는다.

당신은 미인이다.

당신은 언제나 신의 뜻에 거스른다. 치명적인 그림자에 놀라고, 그림자의 품 안에 돌고나 돈다.

당신의 아름다움에 달이 돌연 구름 뒤로 숨고, 꽃도 수줍음에 고개 숙였다던가. 물고기가 헤엄치지 못하고 가라앉았다던가. 기러기가 날갯짓을 잊고 내려앉았다던가.

당신은 당신의 삶에 가로세로 얽혀드니 어여쁘기보다 수심에 그늘졌다. 존재 그 자체로 고독하다. 오 울고 있는,

울고 가는 물소리…… 운명이여, 행도, 불행도 없다. 신 이외는 아무도 진실을 알지 못한다. 어떻게 생각는가? 그저 그러할 따름?

아들의 엽서

길을 모르면
길을 물으면 그만

길을 잃으면
길을 헤매면 그만

어느 도린곁인지
맛문한 여름

길 떠난 자만이
길을 만나 꿈을 꾼다.

가을날의 산책

뭇 족속이 섬기는 하늘에는 옹졸봉졸 몰려든, 뭉글뭉글
엉키는 구름 많아도 무한이 오래, 어제 푸른 잎 오늘 아침
다 불겆다. 내 항상 두려운 것은 계절이 닥쳐와서 단풍을
갉죽갉죽 긁어보는 벌레 소리 흥겹다는 것. 백발도 검길
줄 알 양이면 낸들 왜 검길 줄 모르겠는가. 나는 지금 질리고,
괴롭고 밤 들자 불면하는 달과 산접동 솔 아래 굽은 길로
셋 가는데 무서리 술이 나를 권하니 반거들충이, 철들긴
저녁에 글렀다.

그리운 지난날

　나는 이제 지비지년知非之年을 훌쩍 넘어서 간다. 남에서 온 무심한 새는 언제나 고향 가까운 가지에 앉아 운다. 나는 마침내 집에 돌아온다. 나는 마침내 대지에 들어온다. 여기는 바로 그 언젠가 먼 옛날 묏부리 층층 우뚝 솟아나고 시냇물은 돌고 돌아서 늠름한 소나무 숲이 어리비치고 몸과 마음에 배어 있는 달빛, 내 마음을 대신한다.

　생각다 생각이 다하여 숫스러워지는 도암, 산자수명한 자연과 더 가까워져 외롭고 적막했다. 내 인생에 가장 아팠고 행복했다. 나귀 샌님 쳐다보듯 한 소년의 꿈은 비바람 소연한 중에 단풍을 읊고 삿된 일인지 알면서도 거목 아래 잡초 노릇인 것 같아서 나 자신을 책임질 수 없어서 도입을 떠나 하루하루를 허랑하게 지냈다. 여러 해가 지나도 돌아가기를 잊었다. 회자, 내 널 그려 긋던 감회 이내 곱절이나 애틋도 하나 너도 날 그려 긋어보면 첩첩한 수심은 곧이곧대로 어린 후니 묵묵부답, 너는 말이 없다.

　누에 닮은 눈썹에 홍도빛 볼, 밝은 눈동자와 붉은 입술

외람되이 글귀 즐겨 지어서 너를 그리면 허허로웠고 밤에 쓴 연애편지 같아서 한 나무 그늘진 외지에서 나 지금도 배회하고 있다고 하자.

산이 꿈꾸는 동안 겨우 약년約年에 선 나는 언제나 풀내 풀풀 나는 솜씨하고선 시인이랬다. 흘러간 옛 노래만 그리워하다 막을 내린 꼴, 내 꼬락서니를 볼작시면 영락없는 궁상이어서 아무래도 지금이사 미리 밝히건대 철들긴 버얼써 다 틀렸기에 좀 뭣했다. 답답워라.

지난날을 되돌아본다는 점에서 나는 인생을 두 번 산다. 회자, 너를 보고 나면 더는 도암에 갈 필요가 없다. 왜냐고 묻지는 마시라. 원치 않은 장소에 난 모난 풀인지 꽃인지 한낮 동안만 활짝 피고 시든다는 아쉬움과 함께 고흐가 그린 꽃이 피어나는 아이리스가 생각난다.

　내 눈물은 시간을 적시리
　시간은 내 눈물을 마르게 하리

그럼에도 불구하고 가을은 깊고, 겸허하고, 경건하다.

내가 나를 사는 날* 1

섣달그믐도 가까운 겨울눈 덧정 없어도 그 머언 곳의
사랑을 생각한다. 아, 그러나 가련한 건 소나무 검질긴
바위짬에서 문실문실 자란다. 술은 잦게도 말고 적어야
하거늘 기꺼이 찾아와 가깝고, 겉볼안과는 달리 철들긴
멀지만 나날이 수척한 개 이웃해 살고 응당 의지가지없어
보인 까닭에 손님을 사절하니 기거가 족하나 열쌘 한 마리
새 나를 피해 가지를 흔들고 가네.

* 박두진의 시 「山이 좋다」에서.

내가 나를 사는 날 2

양귀비꽃은 피고 운이 좋아서 사월을 뒤이은 깐깐 오월
모둔 오월 두견을 울게 한다

장자가 꿈에 본 나비

여름은 잠시 장미꽃과 더불어 가는 곳 어딜까?

시월이라 서릿바람에 물 없는 기러기

나는 왜, 계절도 훌쩍 지나서야 꽤다리적은 고욤나무를
심을까…… 옛이야기 같다.

내가 나를 사는 날 3

내가 나를 사는 날은

내가 죽는 날

내가 죽어 사는 날

어둠은 자꾸 짙어만 가고

눈물이 흘렀다

호랑이의 저는 발처럼

편자 없는 말처럼

눈으로 보면서 길을 못 찾는데

발을 놀린들 어떻게 길을 알리?

내가 나를 사는 날 4

진흙소가 물 위를 가니 내가 너, 나그네 그 나그네 네가 나. 풍진 속이든 수석 사이든 세상일만 저마다 마음과 다르매 나를 따르는 것은 나이고 형체도 그림자도 고단하고 그 모습 초췌하다. 내 한평생 모든 날에 당신의 막대와 지팡이 잔잔한 물가로 이끄시어 오래오래 나에게 위안이 되나이다. 만 이랑 물결에 겹겹 산이 내 이별하여 거처하는 곳, 머리에는 오사모에 너울너울 평복차림 길을 헷갈려 천 리 멀리 떠나와 있다.

붕새는 오동나무에 모인다만 굴뚝새는 탱자나무 대추나무에 익숙하고 솔바람 소리 운이 제각각 친한 벗이 드묾을 알겠다. 일기생애一期生涯 곧 순식간일 따름, 모두가 다만 이러할 따름 한 병의 백주면 그것으로 분수가 족하다, 몸이 한가롭다.

북망 아래는 어둡고 캄캄하여 저녁이 아침 되는 일 없으니 어두운 밤 나는 적막한 집을 나서 도연명처럼 귀거래하였으니, 도연명 집 울타리 국화 가을이니 두남두지 말라. 도연명

은 살아 있을 때 마음껏 술을 마시지 못한 것을 한스럽게
여겼다.

이 세상 매미 허물 벗듯이 벗어나서 견우성 북두성가로
놓였고 개진개진 젖은 눈에는 극락, 나는 새도 놀라는 마음
에는 지옥을 가진다. 삶은 삶 자체로서 목적인 것을 나는
슬픔을 안고 어이없이 간다. 나는 나의 가장 오랜 벗이다.
나를 무진무진 사랑했던 나를 어떡해. 나를 향한 내 사랑이
물망勿忘이 아닐 수 없듯이 달이 떠서 삼오야 갓 지난 때이니
개들은 곁따라 짖는다. 온갖 꽃 다 이울고, 눈 쌓인 산만
드높다.

나는 내가 그립다* 1

몸과 마음이 심신일여心身一如
둘이 아니다
내 몸이 내 마음을
내 마음이 내 몸을
여기까지 끌고 왔으니
나는 나 때문에 고생이었다

태어나고 늙고 병들고 죽고
태어나고 머물고 변하고 소멸하고
그저 모두가 시름일 뿐

이 알량치 않은 솜씨
벌써 좀 더 일찍이었다면
지음자知音者 명운 선사의 화두로
나귀의 일이 끝나지 않았는데
말의 일이 닥쳐왔다고
음…… 그런 것 같군
눈 속의 눈心地法眼으로 본다

하겠네, 그러겠네

강남의 이월에 자고새가 울고
철쭉이 피어난
달과 달빛, 달그림자가 있는 어느 날
목이 말라 샘물을 마시다가 물거울에 비친
내 모습 사느랗고
그래도 옛날로 가서
내 모습을 보고
그립고 그리운……
그리운 것이라,는 한 생각.

* 이문재의 시 「마음의 감옥」에서.

나는 내가 그립다 2

장자의 해학과 굴원의 원망과 사마천의 방자함과 한유의 기이함을 그닥 아는지 알지 못하는지, 이젯 나는 태어나 크게 어리석었고 다만 멀리 알겠네.

매 순간이 당돌한지라 외로움을 느끼는 순간에도 나는 내 그림자가 보인다. 나는 희여검검한 나를 본다. 그림자란 내 외로운 모습, 외로움은 그리움을 낳고 그리움은? 사랑이 었으면 한다.

달을 안고 취중에 강물에 뛰어든 이태백을 거지반 빼쏘아 놓은 나는 괘꽝스럽다. 날이 날이 갈수록 홀연히 댓돌 맞듯 댓돌 맞듯 마음이 마음이 아님을 알지니 마음이 고요하고 경계도 여여하여 꿈결엔듯 머흘다.

오호라! 흰 구름 처마에 사흘날을 묶어가니 오롯이 낮이 열렸다가 밤이 닫힌 것이거늘 내 삶을 어찌 자못 처연히 그늘졌을까. 어이 흐느낌을 고치랴.

환[幻]인 내 몸이 멸하면 환인 내 마음 또한 멸하는 것이거늘 내 마음이 울어라, 내 마음이 상복을 입은 채 지팡이를 비켜 잡고 어디론가 표표히 떠나라. 멀고 가까움이 없는 가까운 무심으로 가라! 그리워서 그리운…… 그리운 것이라,는 오롯이 또 한 생각.

나는 내가 그립다 3

빈자의 등이라는 여인, 난타가 니르바나 언덕을 가노라니 산은 산 높고 물은 물 깊다. 이 같은 이 날 도리라야 산빛은 문수의 눈 물소리는 관음의 귀가 아닐까.

내 몸 숨는 나의 바위 내 구원의 뿔 창문 열고 내어다보니 산엣달이 아름답다. 이 세상 그 누구도 이별이란 걸 한다. 내가 내 자신을 들여다볼라치면 나 어리둥절해 나를 보게 된다. 내가 내 자신만을 사랑하는 것은 보잘것없는 사랑을 사랑하고 있는 것이리라.

바람 불면 부는 대로 비가 오면 오는 대로 날마다 다 좋은 날, 나 없음이 심령이 종일토록 가고 오되 가고 온 적 없다.

나를 텅 비우고 그 하나마저 사라지는 순간이 여름이면 물봉선이 무리를 지어 피어나고 무릇도 꽃대를 뽑내는 계절, 그리운 것은 그리운…… 그리운 것이다,는 오직 한 생각.

나는 내가 누구인지 모른다

삶은 외롭고
서글프고 그리운 것이라고 한
이중섭

일찍 명목(瞑目)이었던
그만큼 많이 알려진
화가도 없다

예술 세계보다……
생애가 더 미화된
그의 그림

봄의 어린이를 아는가?

소운 선생을 찾아서
찾아가서
이 작품을 감상하노라면
봄은 왜 없는 꼬리를 흔들려나

차분하면서도 굵은
연필선의 리듬이 격조가 있어
푸른 바닷속 같다.

바야흐로 때는 봄
땅속에선 식물이 자라고
나뭇가지에선 꽃들이 자라고
꽃을 찾아 나비가 날아든다는

봄 언덕엔 벌거숭이 아이들이 뒹구는
장난기 풍부한 해학적 설정이
봄의 환상 속에서
어느덧 자연과 일체가 된다는

아이들이 모티브가 된

소와 새와 개

해와 아이들

허나, 일없이 아는 것 없이
한가로이 바라보는

나는 누구인가?

나는 내가 누구인지 모른다.

나는 마음이 울어라*

성서 속 인물로 방주를 만든 노아가 정착한 아르메니아로 가는 어둑시근한 길 갈수록 붓는다. 느적거리는 취객 뒤에서 뒤뿔치는 사람만 힘겹다 했는가. 앞선 이여 갈 길 마저 가자.

고수들의 대거리는 어금지금하고 오늘 비록 내 몸은 나그네, 나는 마음이 여해야 애옥살이 세상도 견딘다.

저 새 봉새 어이 그리 슬퍼 울어 잠을 자면서 꿈을 꾸는 것만 같은 비바람 눈보라의 텅 빈 산, 대나무 순만 먹고 감로수만 마시고 오동이 아니면 앉지 않는 봉새 내 생각이 미칠 수 없는 곳으로 난다.

천국은 어디에?
봉새가 갈 것이다.

나는 내 몸을 잊었다.

* 박두진의 시 「靑山道」에서.

인학의 서정시

맹문재(문학평론가·안양대 교수)

1

인학(仁學)은 이훈복 시인의 시 세계를 이루는 토대이면서 시인이 궁극적으로 추구하는 인생관이다. 주지하다시피 인학은 공자가 제시한 것으로 사람의 근본이 서면 도가 생긴다는 것이다. 사람의 근본은 "부모님께 효도하고 형 등의 연장자를 공경하면서 윗사람의 뜻을 거스르기를 좋아하는 사람은 드물다"[1]라는 데서 보듯이 효도하고 공손함을 갖추는 일이다.

이훈복 시인이 추구하는 인학은 세 가지의 면이 주목되는데, 그 우선은 인을 선천적으로 주어진 것이 아니라 자신의 노력으로 이루려고 하는 점이다. 시인은 자식으로서 도리를 다하지 못함을 부모님께 죄송스러워하고, 가장으로서

...

1. "有子曰 其爲人也孝弟 而好犯上者鮮矣"(「학이」, 『논어』, 신춘호 역주, 푸른사상, 2020, 18쪽.)

제 역할을 하지 못함을 아내와 자식들에게 미안해한다. 또한 자신이 살고 있는 날들을 생각하며 진정한 삶과 죽음을 성찰한다.

시인이 추구하는 인학의 또 다른 면은 다른 사람과의 관계를 지향하는 것이다. 시인은 계절을 느끼거나 자연에 들거나 어떤 상황에 놓여 있을 때 자기 자신을 되돌아보면서 자신과 인연이 된 존재들을 떠올린다. 인연의 이름을 부르며 자기 근본을 세우는 것이다.

시인의 인학은 자연의 질서를 따르는 면도 띠고 있다. 산과 바다를 바라보고, 꽃을 감상하는 등 자연과 동화하는 모습은 시문학의 오랜 전통이다. 공자가 엮은 것으로 중국 최초의 시가집인 『시경』만 보더라도 자연은 시문학의 토대를 이룬다. "『시경』은 각종 초목과 조수에 대한 묘사에 있어서 비록 항상 형상적인 비유가 나타나지만, 그러나 그중에는 이미 인간의 이러한 자연물의 미에 대한 감상의 맹아萌芽가 포함되어 있"[2]는 것이다.

이혼복 시인의 인학은 작품에서 한 면이 부각되는 것이 아니라 서로 결합 내지 융합되어 나타나고 있다. 가령 시인은 자연의 질서를 수용하면서 자기 본분을 자각하는 동시에 사회적 존재성을 인식한다. 그만큼 한 인간으로서의 근본을 정성을 다해 세우고 있는 것이다.

• • •

2. 이택후 · 유강기, 『중국미학사』(권덕주 · 김승심 옮김), 대한교과서주식회사, 1999, 165쪽.

2

청명과 입하 사이
곡우가 있다

이십사절기의
여섯째

곡우 닷새 전에 딴 햇차
우전차雨前茶

무릇 차의 으뜸이다

벌써다
우인이 그립다

　　　　　　　－「꽃 피고 지고 나면」, 전문

　위의 작품에서 화자는 "청명과 입하 사이 / 곡우가 있"는
계절을 감지한다. "이십사절기의 / 여섯째"인 "곡우"는 인
간이 구분한 절기이지만, 그 자체는 이미 존재하는 자연이
다. 곡우는 곡식이 자라는 데 도움이 되는 비가 내리는

날이라는 의미로 대개 양력 4월 20일 무렵이다. 이때부터 농촌에서는 볍씨를 물에 담가 못자리를 준비하는 등 본격적으로 농사일을 시작한다.

화자는 "곡우 닷새 전에 딴 햇차"인 "우전차雨前茶"를 "무릇 차의 으뜸"으로 소개한다. 곡우를 기준으로 그 앞에 딴 차를 우전차라고 하고, 그 후에 딴 차를 우후차雨後茶라고 하며, 곡우에 따서 만든 차는 곡우차라고 한다. 곡우 무렵에는 나무에 수액이 많이 오르기 때문에 찻잎의 맛도 오르는데, 우전차는 이른 봄에 따서 만들었기에 순하고 은은한 맛을 낸다.

그런데 화자는 "우전차"를 앞에 놓고 차의 맛이나 색깔이나 향기를 즐기기보다는 "우인"을 그리워한다. "벗이 먼 곳으로부터 찾아오는 일이 있다면 또한 기쁘지 않겠는가?"[3]와 같은 감정을 내보인다. 자연의 질서에 몸을 맞추면서 인연의 대상을 불러들이는 것이다.

인자仁者는 산을 사랑한다

한 여자를 사랑한 당신
산을 사랑하라

• • •

3. "有朋自遠方來 不亦樂乎"(「학이」, 신춘호 역주, 앞의 책, 13쪽.)

하르츠산맥의 당신

당신을 위한 간절한

기도가 거기 있었네

—「알토 랩소디」, 부분

　위의 작품의 화자는 "인자는 산을 사랑한다"는 공자의 말을 인유하고 있다. 공자의 자연관을 받아들여 인학을 추구하고 있는 것이다. 공자는 자연에 대해 각별하거나 장황하게 언급하지 않았지만, 놀라운 간파와 인식을 보였다. 그 모습은 "지혜로운 사람은 물을 좋아하고 어진 사람은 산을 좋아한다. 지혜로운 사람은 움직이고 어진 사람은 조용하며, 지혜로운 사람은 즐겁게 살고 어진 사람은 정신적인 생명이 길다."[4]라고 말한 데서 여실히 볼 수 있다. 지혜로운 사람이 물을 좋아하는 까닭은 물이 부단히 흐르는 특성이 있기 때문이다. 그에 비해 어진 사람이 산을 좋아하는 까닭은 산이 만물을 생장시키는 품이 있기 때문이다. 그리하여 지혜로운 사람은 막힘이 없어 인생을 즐겁게 살고, 어진 사람은 넉넉하기에 육체적으로는 물론 정신적으로도 오래 사는 것이다.

　화자는 공자의 이와 같은 자연 사상을 수용해 "한 여자를 사랑한 당신"에게 "산을 사랑하라"고 당부하고 있다. 산을

---

4. "子曰 知者樂水 仁者樂山 知者動 仁者靜 知者樂 仁者壽"(「옹야」, 신춘호 역주, 위의 책, 193쪽.)

사랑하는 마음으로 연인을 품는 것이야말로, 넉넉한 산처럼 상대를 충분히 이해하고 포용하는 것이야말로 사랑하는 자세라는 것이다.

3

법당의 작은 종은
백팔 번을 운다

어제 다르고
오늘 다른
저 먼 산을 되돌아오는
깊은 울림,

태정은 동백나무 숲에 있고

나는 한 곳에
오래 머물지 않는다

몸이 다하면
마음이 밖을 향한다
　　－「미황사 법당의 작은 종은 백팔 번은 운다」, 부분5

위의 작품의 화자는 전라남도 해남군 송지면 달마산에 자리 잡은 미황사에 찾아가 "법당의 작은 종"이 "백팔 번" 우는 것을 듣는다. 백팔번뇌는 인간이 가지는 번뇌가 108종이라는 것으로, 그 구성에 관해서는 여러 견해가 있지만, 모든 번뇌를 일컫는 것으로 볼 수 있다. 따라서 법당의 종이 108번 울리는 것은 인간을 괴롭히고 어지럽히는 그 번뇌를 깨닫게 해주는 것이다. 화자는 미황사에서 법당의 종소리를 "어제 다르고 / 오늘 다"르게 듣는다. 단순하게 듣는 것이 아니라 "저 먼 산을 되돌아오는 / 깊은 울림"을 가슴에 들이는 것이다.

화자는 법당의 종소리를 들으며 한 사람을 그리워한다. 화자가 그리워하는 이는 "동백나무 숲에 있"는 "태정"이다. 곧 김태정金兒貞 시인이다. 시인은 1963년 서울에서 태어나 1991년 『사상문예운동』으로 작품 활동을 시작했다. 김남주 시인이 민족문학작가회의 상임이사로 재직할 때 간사를 맡기도 했다. 시집으로 『물푸레나무를 생각하는 저녁』(2004), 동화집으로 『자루 속에 빠진 꼬마 제롬』(1996)을

• • •

5. 나머지 1연 및 7~10연은 다음과 같다. "땅끝 사자봉 / 높은 산마루를 출발하여 / 다섯 시간 남짓 걸으면 / 달마산 미황사다 // 음력 섣달 / 정월 사이 / 향기를 읊조리는 / 동매가 아니고 / 춘매 어디서든 / 꽃다운 향내 / 조금도 지나치지 않다 // 고(古)하고 아(雅)한 꽃으로서 / 내 백매라면 / 어찌 으스름 겨울 / 달 없는 밤을 원망하랴 // 밤마다 꿈속에 들어 / 잊을 수 없는 이 / 그립다 // 미황사 / 해맞이와 해넘이 / 오래오래 그립다."

79

간행했다. 미황사가 있는 전남 해남에서 살다가 암에 걸려 2011년 타계했는데, 유해는 화장되어 미황사의 동백나무들 아래 뿌려졌다. 가난하고 외로웠지만, 작은 마당에 채소를 일구고 살아갔듯이 검박하고 자연과 함께하는 생활로 삶을 영위했다. 화자는 그 "태정"과의 인연을 미황사 법당의 종소리를 들으며 새기고 있다.

쓰르라미 이마와 나방의 눈썹, 눈같이 흰 살과 꽃 같은 얼굴이면 색색의 얇은 모슬린 옷을 입고 그린 듯이 앉아 있어라 당신, 경성드뭇한 그림 완성되는 날 없으되 따로이 알면 알 듯도 하다.

지금 거우듬한 햇덧에 가도 봄날, 봄이 무르익는다.

당신은 미인이다.

당신은 언제나 신의 뜻에 거스른다. 치명적인 그림자에 놀라고, 그림자의 품 안에 돌고나 돈다.

당신의 아름다움에 달이 돌연 구름 뒤로 숨고, 꽃도 수줍음에 고개 숙였다던가. 물고기가 헤엄치지 못하고 가라앉았다던가. 기러기가 날갯짓을 잊고 내려앉았다던가.

당신은 당신의 삶에 가로세로 얽혀드니 어여쁘기보다 수심
에 그늘졌다. 존재 그 자체로 고독하다. 오 울고 있는,

울고 가는 물소리…… 운명이여, 행도, 불행도 없다. 신
이외는 아무도 진실을 알지 못한다. 어떻게 생각하는가? 그저
그러할 따름?

– 「봄은 가고 꽃은 쉬 지리라」, 전문

위의 작품에서 우선 주목되는 면은 문체이다. 유협劉勰은
일찍이 공자가 자연을 문학의 작용으로 간파한 것을 반영해
성인의 도는 자연의 도를 바탕으로 하고 있고, 문학의 근본
은 자연의 도에 있다고 보았다. "하늘과 땅의 구별이 생기면
서 하늘은 둥글고 땅은 모난 체제로 나누어졌다. 해와 달은
아름다운 옥을 겹쳐놓은 것과 같이 하늘의 형상을 아름답게
드리우고 있다. 산과 하천은 꽃무늬를 새겨 놓은 비단과
같이 빛나서 땅의 형상에 두루 펼쳐져 있다. 이것이 대개
자연의 도라고 하는 문장이다."[6]라고 한 것이다.

자연의 도라고 하는 문장은 "쓰르라미 이마와 나방의
눈썹, 눈같이 흰 살과 꽃 같은 얼굴"에서 볼 수 있다. "색색의
얇은 모슬린 옷"의 형상과 색조도 조화를 이룬다. "당신의
삶에 가로세로 얽혀드니 어여쁘기보다 수심에 그늘"진

• • •

6. "天玄黃色雜. 方圓體分: 日月疊璧, 以垂麗天之象: 山川煥綺, 以鋪理地之形: 此蓋道之文
也."(유협, 「원도」, 『문심조룡』, 황선열 옮김, 신생, 2018, 21쪽.)

81

분위기 역시 "울고 가는 물소리"로 담고 있다.

위의 작품의 화자는 "당신은 미인이다"라고 말할 정도로 인연을 받든다. 아름다운 당신에 반해서 "색색의 얇은 모슬린 옷을 입고 그린 듯이 앉아 있어" 달라고 부탁한다. "경성드뭇한 그림 완성되는 날 없"지만 "따로이 알면 알 듯도 하"듯이 충분히 가능하다고 본다.

화자는 당신의 아름다움을 절대적으로 인정하고 있다. 그와 같은 모습은 "당신의 아름다움에 달이 돌연 구름 뒤로 숨고, 꽃도 수줍음에 고개 숙였다던가. 물고기가 헤엄치지 못하고 가라앉았다던가. 기러기가 날갯짓을 잊고 내려앉았다던가"라고 했듯이 여실하다. 심지어 "당신은 언제나 신의 뜻에 거스른다"고 말하기도 한다. 신이 의도한 것 이상으로 당신은 아름답다는 것이다.

화자가 인연의 상대를 이와 같은 어조로 소개하는 것은 아첨이 아니다. 가식적인 수식이나 망상적인 과장도 아니다. 오히려 공손하고 지극하게 섬기는 모습이다. "거우듬한 햇덧에 가도 봄날, 봄이 무르익는" 계절처럼 당신을 소중하게 맞는 것이다.

화자가 "당신은 미인"이라고 여기는 것은 단순히 외모적인 차원만이 아니다. "당신은 당신의 삶에 가로세로 얽혀드니 어여쁘기보다 수심에 그늘졌다"는 데서 보듯이 당신은 외모에서 비추어지는 것 이상의 삶의 무게와 연륜이 있다. 실제로 당신은 "존재 그 자체로 고독하"여 "울고 있"다.

그 소리는 "울고 가는 물소리"를 닮았다. 따라서 당신의
운명에는 "행도, 불행도 없다"고 본다. 자연의 유한함을
간파하면서 생의 엄정함을 인식하고 있는 것이다.

4

먼동이 부엿할 때부터
우리 어머니 눈물은
아래로 흐르고
숟가락은 위로 올라간다

가장 가깝고
가장 사랑하면서도
가장 먼 어머니의 눈물을 닦을 수 있는
유일한 한 사람

어머니를 울게 한
지금은 없는 아우일 뿐
벌써 철들긴 다 틀린
나는 아니다

하늘이 무너진다 해도

목숨이 끊어진다 해도
최후의 순간까지 변하지 않을 사랑
들린다, 들린다
어머니다

어머니는 육신의 근원
내 몸 받은 날로부터
발 헛디뎌 밖에서
안으로 되돌아가는 길은
어머니에게로 가는 길이라는 생각

　　　　　　　　　　　－「어느 봄날의 생각, 문득」, 부분

　위의 작품의 화자는 "먼동이 부엿할 때부터 / 우리 어머니
눈물은 / 아래로 흐"른다고 밝히고 있다. 그 "어머니의 눈물
을 닦을 수 있는 / 유일한 한 사람"은 "어머니를 울게 한
/ 지금은 없는 아우일 뿐"이고, "벌써 철들긴 다 틀린 / 나는
아니다"라고 고백한다. 자신에 비해 아우가 어머니의 눈물
을 닦아드릴 수 있는 존재이지만, 안타깝게도 그는 이 세상
에 없다. 따라서 자신이 아우를 대신해 어머니를 보살펴드
려야 하지만 현실적으로 어렵다고 토로한다. 그 이유를
구체적으로 제시하지는 않았지만, 솔직하게 밝히고 있는
것이다.
　그렇다고 해서 화자가 어머니를 생각하는 마음을 포기한

것은 아니다. "하늘이 무너진다 해도 / 목숨이 끊어진다 해도 / 최후의 순간까지 변하지 않을 사랑 / 들린다, 들린다" 라는 데서 볼 수 있듯이 화자는 어머니의 지극한 사랑을 잘 알고 있다. 따라서 화자는 어머니를 품으려고 한다. "어머니는 육신의 근원"이기에 "내 몸 받은 날로부터 / 발 헛디며 밖에서 / 안으로 되돌아가"겠다는 의지를 내보이고 있는 것이다.

이와 같은 화자의 자세가 곧 사람됨이다. 사람의 근본이 서면 도가 생긴다고 믿고 실천하려는 것이다. "한 잔 또 한 잔, 술과 싸우고 화해하는 동안 아버지 어머니를 늙게 하고 아내의 머리를 희게 하고 아이들의 밝은 웃음을 빼앗았다."(「나는 나를 악마라고 한다」)라고 반성하는 자세가 그 한 모습이다. 화자는 자신이 술을 마시는 정도를 조절할 수 없는 단계에 이르렀음을 알고 있다. 그래서 식구들에게 미안함을 갖는다. 그렇지만 그 한계점에서도 근본을 잃지 않으려고 애쓴다.

화자의 이와 같은 지순한 사랑은 권여선의 「봄밤」에 등장하는 주인공이 연상된다. 알코올 중독자인 아내는 류머티즘을 앓고 있는 남편을 사랑한다. 고칠 수 없는 정신적 장애를 갖고 있는 아내와 신체적 장애를 앓고 있는 남편의 사랑은 무의미하게 여겨질 수 있다. 그렇지만 서로를 진심으로 아끼고 배려해주는 모습에서 사랑의 본질이 환기된다. 알코올 중독으로 치매 환자가 되어 남편이 세상을 뜬 것도

모르는 채 찾아다니는 그녀의 모습은 사랑의 의미를 불러일
으키는 것이다.

나는 네 가슴을 너는 내 가슴을 찬찬 얽동여 숨을 모았다.
그렇게 하여 우리 사랑의 두 탄생이 우리에게 매일을 절절히
접근해온다.

이 세상 모든 이의 가장 고요히 소중한 만큼의 그 사랑으로
우리는 잡사랑 행여 섞일세라 이 사랑 가지고 일생을 어떻다,
살아간다.
        ─「내 생에 아름다운 봄날 ─ 아내에게」, 전문

위의 작품의 화자는 "이 세상 모든 이의 가장 고요히
소중한 만큼의 그 사랑으로" "아내"를 끌어안는다. "잡사랑
행여 섞일세라 이 사랑 가지고 일생을 어떻다, 살아"가려고
한다. 부부의 인연을 이어가기 위해 본분을 다하고 있는
것이다. 화자는 이와 같은 자각으로 인학의 토대를 이루고
있다. 지극한 정성으로 인연을 품으며 한 인간으로서의
근본을 세우려고 하는 것이다.

내 생에 아름다운 봄날

초판 1쇄 발행 2021년 10월 20일
      2쇄 발행 2022년 01월 20일

지은이 이흔복
펴낸이 조기조

펴낸곳 도서출판 b
등   록 2003년 2월 24일 (제2006-000054호)
주   소 08772 서울시 관악구 난곡로 288 남진빌딩 302호
전   화 02-6293-7070(대) 팩시밀리 02-6293-8080
누리집 b-book.co.kr 전자우편 bbooks@naver.com

ISBN 979-11-89898-61-8   03810
값_10,000원